고운 목소리 떠난 자리

고운 목소리 떠난 자리

지현경 제4시집

대양미디어

고운 목소리 떠난 자리

고향을 떠난 지도 벌써 54년이라
어린 시절 앳된 목소리도 굵어졌다가 늘어졌다.
차곡차곡 쌓여만 가는 주름살이 굳어가고
켜켜이 쌓이는 사연들은 나를 두고 돌아섰다.
땀방울도 말라버리고 무더위도 가버렸다.
나 앉은 곳에 짠두박('잔디'의 방언) 혼자서
무럭무럭 자라더니 황소 먹이가 되련만
가을도 54번이라 기다리시던 부모님도 떠나셨다.
울 엄니 밭에 나가실 때 고무신짝 들고 따라갔는데
지금은 산에 계시니 말씀드리기가 눈물이 나네.
시원한 샘물 떠다가 콩국수 말아주시던 울 엄니
잘 먹고 배부르니 새근새근 잠을 잤다.
아물아물 기억 속에 아버지도 찾아보니 안 계시고
세상만사가 이런 거야 누가 말했던가?
공수래공수거가 다 빈손이라고 했는데

뭣담시 싸우면서 여기까지 왔는가!
모든 것이 망상일세,
잘 살아보것다고 왔는디 말이세.
이것도 저것도 다 해봐도 허상일 뿐이네!

2019년 3월
제4시집을 내면서
지현경

차   례

제1부
앉은 곳이
내 자리다

떠난 님 목소리

당신은 어디를 걷고 있나요
방랑시인은 옛 고향 땅
장흥 산사에 머물고 있습니다

그대 눈썹 끝에 쌓인 기운이
아득한 하늘로 뻗쳐 가는데
천관산 연대봉 기운은
강서에서도 빛나고 있습니다

수문포구 문절구도
곧은 낚시 끝에 코를 끼었는데
주인은 한양으로 가버렸습니다

그님 발자취 찾아보니
장흥신문, 광주매일에도
벌써부터 드나들고 있었습니다

장희구 박사님의
번안시조 편편이 향기를 품어
고향 선후배님 가슴들을
따뜻하게 데워주고 있습니다.

이영철 구의장님

철 잃은 늙은이라 해야 할지
늦깎이 선비라 해야 할지?
주경야독 날을 새우던 이영철이
글공부 내던지고 강서에 왔다

낯선 땅 등촌동에 닻줄을 매고
찾은 곳이 고 최두환 국회의원님
한두 해 섞여 지내다가
강서구 구의원이 되었다

1선 2선 3선 4선 최고령 구의원
끝까지 배우면서 일해 온 나날
이제는 척척박사가 되어
단상에 올라 의사봉 잡으며
62만 강서 구민들을 위한
평안과 행복의 길을 외쳤다

똑똑 끊어지는 말솜씨에다가
빼어난 통솔력의 구의장님

고향 땅 천관산 밑에서 자라나
한양을 향해 출향을 한 이영철
늘그막에 강서에서 꽃을 피웠다.

사는 길

천년을 살까, 만년을 살까
우리네 인생살이 끝은 어딜까

낭만의 시절은 꿈속에 접고
땀에 젖어 살아온 젊은 시절

내 지나온 길을 되돌아보면
낡은 추억에 눈시울이 젖는다

늙은이도 젊은이도 가고 있는
종착역을 모르고 걷는 길 위에

추억은 그대로 남아 있는데
함께 걷던 친구들은 줄어드네.

노동자의 글쓰기

노동자가 모처럼 글을 쓴다
글을 쓰려면 퍼뜩 쓸 것이지
왜 책상 빼닫이를 못 살게 뒤지나
몽당연필, 지우개토막, 심빠진 볼펜,
동강난 대자는 왜 끄잡아내나

글을 쓰려면 얼른 쓸 것이지
뭣 땜시 턱을 받치고 앉아서
애꿎은 라이타를 켰다 껐다가
담배에 불을 붙였다 껐다 하나

글을 쓰려면 글만 쓰면 됐지
뭣 땜시 때가 낀 손톱발톱을
손톱깎이로 똑똑 잘라 보고
발꿈치에 덕지덕지 마른 때를
손톱으로 죽자구나 긁어대나

겨우 서툰 글씨로 한 줄 써 놓고
이것이 나의 삶인가 한숨짓고
땀으로 한 줄 써놓고 눈물 닦고
또 한 줄 써놓고 콧물 훔친다.

무더위

방안에서 보이는 옥상에는
능소화도 천사의 나팔꽃도
더위에 목이 말라 허덕이고
방안에 가만히 앉아있는 나도
무더위에 온몸이 흐느적거린다

무더위를 따라다니며
나를 더욱 괴롭히는 열대야는
밤중에도 우리 집에 와서
안방, 건넌방, 거실을 차지하고
사람을 못 살게 굴고 있다

낮이면 바깥문을 닫아놓고
냉커피만 마셔대는데
에어컨도 숨이 차서 씩씩거린다

무더위가 보름은 더 머물 거라고
방송국 일기예보는 호들갑인데
우리 집 진돌이도 황진이도
지쳐 누워서 혀를 내두른다.

물을 줘야지

주인님, 물 한 모금 주세요
노란 꽃 빨간 꽃이 피어서
목이 마르다고 나를 불러요

37도 찌는 듯한 무더위에도
입술을 깨물며 참고 견디는
옥상정원의 귀여운 꽃들

여리고 가냘픈 몸으로도
천둥과 비바람을 견뎌내고
열대야 무더위도 이겨내며

옥상정원을 여름내 지켜온
자랑스러운 나의 친구들
쨍쨍 내리쬐는 뙤약볕에
목이 얼마나 말랐을까
시원한 물을 흠뻑 줘야지.

앉은 곳이 내 자리다

살 곳 멀리서 찾지 마라
앉은 자리가 내 자리다
모든 것은 가까운 곳에 있다

화재가 나면 내 앞부터 꺼라
멀리만 생각하면 내 몸이 탄다
먹고 사는 일도 곁에 있으니
주변에서 찾아야 쉽게 구한다

높은 벼슬자리를 탐하지 마라
높으면 떨어질 때 위험하고
짐이 무거우면 멀리 갈 수 없다

욕심을 버리고 가볍게 살아라
앉은 곳만이 내가 살 자리다.

가을을 부른다

폭염도 폭우도
거뜬히 이겨내고
가을을 맞은 감이
푸른 때를 벗는다

어머니 치마폭에서
얼굴 내미는 아기
동그란 얼굴들이
방긋방긋 웃는다

팽팽하게 높아간
푸르른 하늘처럼
탱탱해진 감들이
가을을 부른다.

촌놈 상경기

사투리는 정겨운 고향의 맛
친구들은 하나 둘 멀리 떠나도
사투리 속에는 살아 있어
잊혀진 어린 시절을 찾아준다

고추 내놓고 서로 보며 웃다가
논둑에 불 지르고 오줌 싸서 끄고
소띠끼라는 어머니 소리에
얼룽얼룽 싸게 싸게 담박질쳤다

맴생이도 밥 달라 새끼 달고 울고
돼야지 꿀꿀대면 구정물 퍼주고
수렁배미 한 뙈지기 해거름에 갈아엎고
보리밥 고봉으로 상추쌈에 해치웠다

팔다리 큰대자로 벌려 한숨 자며
피곤한 몸 드륵드륵 코골이로 풀면
세상천지가 모두 내 세상이었다

내일 할 일 대충대충 챙겨놓고
소고지 한 짐 논으로 지고 가며
바지게에 작대기 끼고 신세타령 하였다

농사일이 살길이고 희망이라지만
이래 봐도 저래 봐도 별수가 없어
새벽 4시 반 봇짐 싸서 둘러메고
서울행 완행열차에 몸을 싣고
다다른 곳이 서울역광장이었다

차잡이들이 몰려와 달겨들었다
잔돈푼 다 떨어져 친구네 찾아가니
웃음 반 눈물 반으로 반겨주었지
그 때 그 시절이 더욱 새삼스럽다.

기다림

박병창 고문님은
댁으로 돌아가시고
나는 폭염과 함께
시간을 보낸다오

에어컨은 낡았어도
아직은 쓸 만해서
오신 손님 가신 손님
땀방울을 닦아주는데

잠시만 더 머물다가
서산에 해떨어지면
냉소주 한 잔 하고
갔으면 좋았을 텐데

빈 방에 혼자 앉아
냉커피 잔 앞에 놓고
누군가가 오지 않나
기약 없이 기다립니다.

열 기

아무리 둘러봐도 보이질 않네
이놈의 열기 얼굴 좀 보자
햇볕이 놓고 간 뜨거운 열기
몸뚱이는 어디 숨어 있는가

붙들기만 하면 꼭 잡아 묶어
얼음 속에 깊이 가두어 놓고
더위에 못 견디는 사람들께
조각조각 나눠주고 싶구나

아무리 찾아봐도 보이질 않네
이 더운 폭염은 어디 있는가
학교에서 돌아오는 우리 손자
얼굴이 익어 홍당무가 되겠다

땡볕 너는 이 뜨거운 열기를
왜 아무데나 쏟아놓느냐
비 오듯 흐르는 땀방울이
눈을 가려 앞을 못 보겠구나.

따까리

할 말이 없어서 따까리라 불렀나요
무시를 해서 따까리라고 하셨나요
사람을 얕보고 하대해서 그랬나요

말에는 좋은 말도 많고 많아서
아무리 해도 못 다하고 죽는데
그렇게 천하디 천한 말을 하고도
조금도 부끄러운 줄을 모르다니요

이왕이면 누구의 참모라고 하면 되지
듣는 이도 말한 이도 좋을 텐데 말이요
따까리 그 말씀은 눈물입니다.

울 엄니

들로 가는 엄니 따라가다가
못 쫓아가면 엄니를 불렀다
엄니, 엄니 울면서 불러댔다

엄니가 못 들은 척 가버리면
나는 아기 업은 메뚜기도 잡고
먹딸기 따먹고 땅개비도 쫓다가

고무신 한 짝 빠뜨려 놓고는
겁이 나서 울다가 깨어보면
"꿈을 꾸었다."
엄니가 머리맡에 앉아계셨다

녹슨 호미와 이빨 빠진 부엌칼
대바구니에 담아 옆에 끼고
동생과 냉이 캐던 들판에는
그때처럼 쑥이랑 냉이가 돋는데
엄니는 뒷산에 가서 누워계시고
동생도 검던 머리가 백발이 되었다.

붉은 등거미

붉은 등거미의 사랑을 아는가
암컷과 수컷이 서로 만나
좋아하고 사랑을 하게 되면

열렬히 사랑을 나눈 뒤에는
수컷은 그 사랑의 값으로
제 몸을 암컷에게 바친단다

서로의 사랑을 위해서라면
목숨이라도 바친다고 하지만
그것은 음흉한 탈을 쓰고 하는
입에 발린 인간의 말일뿐

한 번의 사랑으로 제 몸을 바쳐
암컷의 몸속에서 눈뜨는 새끼들의
새로운 목숨으로 다시 살아나는
붉은 등거미의 뜻을 어찌 알겠나

한 개의 밀알이 썩으면
수많은 열매를 다시 맺는다지
한 마리 수컷이 기꺼이 죽어서
많은 등거미 새끼들로 태어나는

우리가 세상을 살아가는 이치도
이러하다는 것을 생각해 봤는가.

천지조화

태어나자 날렵하고 분방했던
은빛 나는 망상어 일생을 본다
10여명 형제들의 환호 속에
어미 탯줄을 타고 나온 후에
죽기 살기로 세상을 살다가

마지막으로 가게 되는 곳은
더 살기 좋은 극락이라 했는데
숨을 거두니 문어 밥이 되었네

한 세상 살다가 마지막 가면서
온몸을 문어에게 공양한 망상어
이것이 천지조화인가 하네.

폭염 속

더위가 111년만이라니
그 말부터가 겁을 준다

내리쬐는 따가운 불볕과
푹푹 찌는 폭염 때문에
눈 덮인 설원이 그리워진다

뒤척이며 밤잠을 설치고
이른 새벽 집을 나서니
정원의 꽃도 잠을 설쳤나
눈물이 그렁하게 맺혔다

푹푹 찌는 이 열기를 모아
컨테이너 박스로 실어다가
시베리아 만년설께 팔고 싶다.

제2부
우리네
인생살이

나 혼자

옥상에 풀을 뽑고 물을 주고
다녀간 손님 발자국도 닦고
힘이 빠져 서재에 들어서니
글씨보기 조차 눈이 흐리다

점심 먹자고 찾아오는
친구도 하나 없으니
TV만 켜놓고 듣고 보고
에어컨 신세만 지고 있다

혼자는 점심 생각도 없고
잎새주 한 잔이면 좋겠는데
친구가 없으니 시들하다

한 세상 살아가는 일이
올 때도 혼자였듯이
갈 때도 혼자일 테니까
웅담술 한잔으로
홀로 외로움을 달랠까 한다.

어머님 등거리

날마다 밭에 나가서서
풀을 매시던 나의 어머님

잡초는 시도 때도 없이 돋아
어머님 손끝은 진물이 흐르고
뙤약볕에 등거리가 해어져
살까지 까맣게 타버렸지요

밤이면 잠을 설치는 어머님
나는 시원한 샘물 떠다가
수건으로 물찜질 해드렸지만

다음 날이면 또 새벽같이
물에다 꽁보리밥 한술로
서둘러 배를 채우시고
또 김매러 나가시던 어머님

평생을 자식들 위해
그렇게 하시다가 가신 어머님

그 때의 어머님 고통을
73살이 되어 이제야 알았습니다

오늘따라 찜통더위 만나니
어머님 헤진 등거리와
터져서 진물이 나던 손끝과
우리들 배를 채워주시려고
자신은 굶던 생각이 납니다
나를 길러주신 어, 머, 님.

친구 신○선

7병이던 잎새주가 5병이라기에
용선이도 이제 늙었구나 했는데
양주병 보더니 맥주컵 들이대며
여기 가득 따러 봐 하는구나

나와 동갑내기 47년생인데도
진도 명물 홍주를 마시며
미역 다시마 전복에다가
해삼까지 곁들여 먹고 자라서
아직은 젊음을 주체하지 못하네

갖은 보약이 사방에 깔려 있고
공기 좋고 물도 맑은 진도 땅
어디 가나 먹을 것도 넘쳐나니
100세가 부럽지 않다고 하네

젊은 마누라와 바닷가 별장에서
좋은 보약 다 먹고 사는 용선이를
내 어찌 술을 이긴단 말이여!

끈

나를 낳아 길러주신
부모님 은공은
목숨 다 할 때까지
잊을 수가 없고

어려서 내가 자란
그리운 고향은
세상 끝날 때까지
잊을 수가 없다.

친구 신○선 선생

신○선 선생은 복도 많은 친구
아홉 살 터울인 꽃색시 껴안고
밤낮 깨가 쏟아진다고 하기에
그의 얼굴을 가만히 살펴보니
어딘가 힘이 부치는 것 같았네

111년만의 찜통 폭염이라
누구나 근력이 떨어질 때인데
곁에 있는 꽃색시 때문이라면
올 여름은 특히 조심하시게나

양기도 예전만은 못하실 텐데
오래도록 건강하게 살려거든
늘그막에 힘을 아껴둬야 하네

내 말 듣고 몸을 보하도록 하게
73살 나이에는 뱀장어 그놈이
보양식으로 보탬이 되는디 말이어

황소덩치에 절구통 같은 나의 친구
나이도 고향도 나와 같은 남쪽바닷가
돼지따라 성격도 느글느글 순종 빠꾸샤
음식을 가리지 않는 신〇선 친구라네.

막힘없는 길

돌리는 물레는 돌아야 하고
흐르는 냇물은 흘러야 한다
사람으로 살자면 일을 하고
기계로 났으면 써야 한다

베푼 정은 그것으로 잊고
입은 은혜는 가슴에 새겨라
거미줄에 걸리면 거미가 먹고
투망에 걸리면 사람이 먹는다

콩가루 집안에 태어난 놈은
가벼운 입으로 망하게 되고
뼈대 있는 가문에서 태어나면
나라를 살리는 일꾼이 된다

모두들 들거라 만 중생들아
바른 눈으로 세상을 보아라
서로 돕고 함께 나눈다면
산을 옮기고 들을 닦는다.

일 심

한 말은 천 번을 해도
변함이 없고

고향 사랑은 평생을 가도
변하지 않는다.

민 음

신에게 빠지면 목숨도 아깝지 않고
부모님 모시기는 헌신짝 같이 한다

천륜을 끊으면 집안이 망하지만
효도를 다 하면 나라도 바로 선다

꽃잎도 사랑하면 색깔이 영롱하고
바위도 사랑하면 막은 길도 비켜준다

마음으로 맺은 사랑 변함이 없고
민주주의 세상도 이와 같은 것이다.

세상만사가 이런 거야

돌고 도는 것은 세상이고
오고 가는 것은 인생이다

머물다 가는 것은 물질인데
우리들만 아등바등 버틴다

공수래공수거 다 빈손인데
뭣땀씨 그렇게 싸우며 사나

모두들 욕심은 부리지 말게나
허욕도 망상도 버리면 편하지

한 평생 사랑만 주고받으면
그것이 참다운 행복 아닌가.

더 넓은 세상

보는 게 살 곳이요
보는 게 내 것이다
보는 만큼 배우고
보는 만큼 갖는다

문틈 사이로 보면
그 정도만 배운다
아는 것이 그것 뿐
더 알 것도 없단다

문을 열고 보아라
더 넓은 세상 보인다
배울수록 많이 알고
세상도 더 넓어진다

멍청하게 있지 말고
문을 활짝 열어라
더 넓은 세상으로
눈을 돌려 보아라.

좋은 세상은 가고

쉬지 않고 가는 세월
우리도 따라 가야 하네

젊음도 사랑도 가고
아름답던 꿈도 가고 있네

몇 백 원짜리 소주에도
함박웃음 주고받던 친구가

하나 둘 떠나가고 있네
세월 따라 가고 있네

우리들이 처음 만났을 때는
늘 그대로일 것 같았는데

좋은 세상 다 지나가고
세월 따라 모두 떠나가네

예쁜 마음 가슴에 담고
젊은 시절 다시 찾아가자.

생각을 멈추지 말라

만물은 끊임없이 생동한다
식물도 살아가기 위해
동화작용을 멈추지 않는다

생명이 없는 돌도 쇳조각도
분자가 끊임없이 움직인다
그것이 분열하면 폭탄이 된다

사람도 끊임없이 생동한다
겉으로는 몸이 행동하고
속으로는 생각이 활동한다

몸은 생각에 따라 행동하므로
생각이 잘 움직이면 천재이고
생각이 멈추면 행동도 죽는다.

우리네 인생살이

사람은 만나면 이야기를 한다
자주 만나면 가까운 친구가 되어
감춰둔 말 보따리도 풀어 놓는다
거칠거나 쓴 말은 뒤로 감춰두고
달콤하고 향긋한 말만 내세워서
소리 내어 웃고 즐겁게 떠든다

말을 많이 하다가 보면 부풀려서
있는 말 없는 소리 모두 끌어내어
헛소리로 서로가 음성도 높이고
흰소리로 시비가 되기도 한단다

만나면 왜 그렇게 말들이 많을까
나이 탓으로 수다스러워진 것인가
정치 이야기에는 더 열을 올린다

정치가 개판이라며 편을 가르고
말싸움이 붙으면 여야로 나뉘어
자기들과는 관계도 없는 일에
사생결단을 하려는 것만 같아진다
이것이 웃기는 우리네 인생살이다.

사는 일이 꿈이 아닐까

꿈속을 헤매다 깨어나니
세상이 온통 암흑이었다

내가 세상에 살고 있는 것이
한바탕 꿈속인 것은 아닐까

영혼은 하늘을 날아다니며
천지만물을 내려다보다가

돌아와 몸속으로 다시 들어오면
몸뚱이가 다시 깨어나게 된다
사는 일이 이런 꿈이 아닐까.

김○록 의원님께

누가 더 많은 일을 하고
누가 더 좋은 일을 하고
누가 더 질 좋은 삶을 사는가요

누구나 한 번 살다 가는 세상
비 내리는 날 우산을 양보하면
나는 속옷까지 비에 젖고

가시밭길 앞장서서 걸어가면
많은 상처를 입게 되는 것이
우리들의 삶이 아닌가요

김○록 의원님은 그러했기에
깊은 상처를 입으면서도
유혹의 손을 뿌리쳤습니다

지나간 일 쉽게 잊지 마시고
다시 전화 문자 찾아보세요
쾌유하셔서 더 열심히 삽시다.

김○수 형

송이송이 꽃결을 따라가네
살랑살랑 바람을 따라가네
김○수 형도 점점 늙어가네
주름살도 세월을 따라가네

정처 없이 연월은 흘러가고
철이 없던 시절도 지나가고
철을 따라 낙엽도 흩날리고
아름답던 추억도 가버렸네

건강은 축구장에서

강서구 70~80대
초대 축구 단장을 역임하시고
축구로 살아가시는 윤○현 고문님
왼쪽 공격수라 꼴을 셀 수가 없이
그저 발끝에 갖다 대면 골인이다

인생살이 몇 번의 고비를 넘고도
청춘 같은 건강을 지켜 오신 형님
우리 축구 동호인들의 정신적 지주

84세 미수를 눈앞에 두고도
운동장에만 서면 팔팔하시니
100세 천세를 누리시리라!

석양의 노을이 맑고 붉다
우리 축구 더욱 열심히 하여
즐겁고 건강하게 살아갑시다
건강은 축구장에서 나옵니다.

제 3 부
인생은
이런 거야

사랑의 밥상

세상에서 제일 맛나는 밥상은
마누라가 차려주는 밥상일세
정성도 사랑도 가슴에서 풍긴다

아침에 출근할 땐 웃으며 배웅하고
퇴근해 돌아오면 반기며 맞아주는
눈으로 사랑하고 다투며 정이 든다

늙을수록 깊어가는 정 '우 영 자'
한 평생 웃음으로 손을 잡고
영원히 노력으로 행복을 지키리라.

＊ 우영자 : 필자의 아내

조심해라

나 어릴 때 우리 어머님은
살얼음판을 조심하라 하셨다

날이 갈수록 인생도 얇아져
살얼음판 같아진다고 하셨다

걷는 것도 먹는 것도 모두
조심하라고 하시던 어머님

내 몸이 젊고 건장할 때는
아무것도 걱정하지 않았는데

늙어 얇아진 몸이 되니
어머님 말씀이 새삼스럽다.

거미줄 인생

능청능청 하다가 팽팽해지고
헐렁하게 늘어졌다가 줄어들고
인생살이가 그러한 것 아닐까

오랜 세월 잊을만하면 나타나고
나타났다가도 어느 순간 사라지고
세상이 시끄러울 때는 잠잠하다가
조용해지면 나타나는 그 사람
뜻밖에도 오늘 또 다시 만났네

몇 십 년 안 보일 때는 걱정되더니
이것이 뭣이란가 친구란가 말이어
쉽게 지워지지 않는 것이 인연이라

이따금 느린 걸음으로 찾아와주니
거미줄 같은 인생이 이런 것이네.

거미그물

거미가 실을 뽑아 그물을 친다
굵은 줄을 먼저 걸고 그 사이를
가는 줄로 섬세하게 엮어간다

거미줄은 나노 기술을 앞선다
거미들만이 특허권을 갖고 있는
유일하게 뛰어난 발명품이라

성능이나 설계가 뛰어나서
잠자리 메뚜기들이 지나다가
꼼짝없이 걸려들게 된다

앉아서 먹이를 낚은 거미는
해가 지니 가족끼리 모여앉아
잠자리 메뚜기로 식사를 한다.

속옷도 벗으란라

그늘도 후덥지근하고
수돗물도 미적지근하고
무더위가 속옷도 벗으란다

사무실에 앉아서
에어컨 신세만 지면서
하루를 허덕이면서 보낸다

늙으면 어쩔 수 없어
무더위도 참지 못하고
찬바람도 견디기 어렵다

잘 나갈 때는 칼바람도 이기고
땡볕에 폭염도 친구하였는데
석양을 바라보고 있는 지금은
요놈들 모두가 나를 얕보는구나.

농사의 향수

폭염은 꼬리를 내렸지만
땅바닥은 염전이 되었다
들도 산도 모두 메말라 있었다

111년만의 폭염이라며
무더위는 기세가 등등한데
물이 부족해서 전국이 난리다

하늘을 쳐다보며
한숨만 쉬던 농민들은
살길을 찾아 고향을 떠나고

일흔이 넘은 노인들만 남아
쑥밭이 되어가는 논밭을 보며
지난날을 그려본다.

춤과 노래

춤 속에는 사랑이 있다
몸의 선율이 사랑의 표현이라
흔들어대면 흥이 일어난다

슬퍼도 웃고 괴로워도 웃고
화가 날 때도 웃으며 춤춘다
음율 따라 흥겹게 흔들거린다

춤바람에 신나게 감응하면
발끝까지 전율이 몰아온다

박자가 춤이요 춤은 노래이다
가슴에 담겨있는 돌 같은 한을
풀어내는 것이 춤이고 노래다

배고파도 서러워도 춤을 추었다
몸짓 하나로 감정을 풀어내어
가슴에 맺힌 한도 슬픔의 눈물도
춤과 노래의 선율로 날려버렸다.

태풍 솔릭에게

1959년 사라호는 8백여 명 데려갔다
태풍 솔릭도 중부권을 강타했다
태풍아, 불쌍한 서민 때리지 말고
여의도 국회의사당이나 날려버려라

권력 남용 공금 낭비 도둑질만 하며
세수만 엄청나게 받아먹는 의원들
태풍아, 솔릭아! 그들을 쓸어가다오
고통 받은 국민들이 환호할 것이다.

보성식당 전어맛

고흥 보성 오줌물이 도랑으로 흘러서
득량만 바다에서 서로 만난 얼굴들
전복도 키조개도 자리 잡고 장을 보고
참꼬막 참소라도 옆자리를 차지하고
손님 대접하려고 뻘물 뿜어 내뱉는다

수족관을 활보하는 은빛치장 전어들
오는 손님 가는 객들 입맛을 다시면
주인장 뜰채 들고 좋은 놈만 골라내어
화롯불에 몇 마리 지글지글 구워내니
냄새가 진동하여 찾는 손님 군침난다

구운 전어 안주 삼아 소주잔 기울이며
세상살이 한탄하다 해가는 줄 모르고
전어 맛에 취해서 남정네들 바람난다.

푸르른 우장산아

푸르른 우장산이 흐려 보이는구나
어제도 오늘도 흐려만 보이는구나
40여년 조석으로 바라보던 산인데
나는 늙고 너는 젊어 푸르르구나

젊은 시절 오르내리며 정이 들어
콧노래 부르면서 오르던 산이었지
정상에 올라서 마곡벌판 바라보며
고향 생각 하면서 많이도 울었지

젊은 시절은 어딜 가고
나도 이제는 늙었으니
누구를 원망하랴 소용도 없는데
푸르른 우장산아 지난날이 그립구나.

최희준의 하숙생

'인생은 나그네 길 어디서 왔다가 어디로 가는가
구름이 흘러가듯 떠돌다 가는 길에
정일랑 두지말자 미련일랑 두지말자~'
최희준의 노래 '하숙생'을 들으면
고향과 부모형제 모습이 떠올랐다
타향살이 힘들고 배가 고플 때면
노래 '하숙생'은 더없는 위안이었다

인생은 나그네 길 구름이 흘러가듯
정처 없이 다니던 그 시절에는
갈 곳도 오라는 곳도 없는 거리를
하염없이 떠돌아다니는 신세였다

서울의 뒷골목 그늘진 담벼락 밑
슬레이트 쪽방에서 쭈그리고 앉아
정을 두고 떠나온 고향 동촌을
눈물 속에 말아 삼키며 지냈다.

훌륭한 지도자

동네 모임, 친목회, 향우회
모임에는 회장을 잘 뽑아야
모임이 잘 되고 즐겁다

나라를 다스릴 사람도
잘 보고 잘 뽑아야
나라가 잘 되고 행복하다

어떤 모임에서나
대표는 정직하고
좌우로 흔들리면 안 된다

판단이 정확하고
남을 이해할 수 있어야
훌륭한 지도자가 될 수 있다.

인생은 이런 거야

보지도 말라고
눈은 희미해져 가고

듣지도 말라고
가는귀는 멀어가고

먹기도 줄이라고
소화도 잘 안 되고

걷기도 조심하라고
다리에 힘도 빠진다.

하나님께서
기력을 아껴라 하신다.

○○○ 국회의원님

마음씨 고운
○○○ 국회의원님
고용노동부장관 되서서
노동자들 눈물 닦아주세요

물위를 걸어 다니는
거미 발끝 좀 보세요
발끝의 나노 털이
물의 입자보다 곱다하네요

의원님 발길도
물의 입자보다 고와서
걸어온 발길마다
사랑이 넘친다고 자랑하네요

그 자리에 가게 되거든
더러운 때 묻히지 말고
불쌍한 노동자들
눈물 좀 닦아주세요.

타향살이

몸은 천리타향 서울에 있는데
정신은 초롱초롱 고향을 찾아가네

막걸리 석 사발에 긴장을 푸니
고향 마을이 다가와 나를 껴안네

통금 사이렌이 귀가를 알리는데
잠은 통금이 없나 오지를 않네
고향 생각에 뜬눈으로 밤을 지새고
기대 볼 친구 찾아 문을 나선다.

출렁다리에서

출렁출렁 출렁다리
오금이 저려온다
덜렁거리던 불알도
마른대추가 되었다

출렁출렁 출렁다리
자꾸만 겁이 난다
지은 죄가 없어도
가슴이 쿵덕거린다.

있을 때 잘 해

잘났다고 뽐내도 별것 아니고
못났다고 깔봐도 그게 그거다
잘 나고 못 나도 다를 것은 없다
모두가 똑같은 사람일뿐이다

잘 배웠다 해도 별것 아니고
못 배웠다 해서 탓하지 마라
알아도 몰라도 그게 그거다
살아보면 인생은 같은 거란다

잘 산다고 으스댈 것 없고
돈 많다고 자랑하지도 마라
한 세상 살아보면 다 같으니
있을 때 후회 없이 베풀어 보아라.

진짜 제 맛

냉장고 안에서 잠들어 있는
막걸리나 야쿠르트를 마실 때는
흔들어서 잠을 깨워 마셔라

효모 사카로미세스 세레비시아와
사카로미세스 바야누스를
살려서 마셔야 제 맛이 난다

어찌 막걸리와 야쿠르트뿐이랴
생선도 전복도 생기를 살려야
본래의 맛과 향기를 갖게 된다

막걸리는 주막에서 마셔야 좋고
생선은 바닷가에서 먹어야
싱싱한 것을 먹을 수가 있다.

제 4 부
친구를
기다리며

큰 도둑

내가 존경하는 큰 어른이 있는데
42년 동안 부모처럼 모시는 분이다

큰 어른께 배운 지식과 경험들을
남을 위해 모두 내놓으라 하였다

밥도둑은 못 본척하라고 했다
먹고 살아야 하기 때문이다

재물도둑은 감옥에 가두라 했다
욕심을 위한 것이기 때문이다

기술도둑은 도와주라고 했다
훌륭한 기술자가 되라는 것이다

배운 지식 들고 떠나면 도둑입니다
그 당신이 남재희 전 장관님이시다.

장인 장모님

9월 1일은 장모님 기일이다
생전에 금사봉에 큰아들 재우고
한을 품고 93세로 떠나셨다

장인 장모님이 늘 걱정하시던
아들 딸 다 잘 살고 있습니다
이제는 평생 못 다한 일
모두 다 내려놓으시고
극락에 드셔서 평안하소서.

저무는 인생들

호경빌딩 옥상정원에서
콩국수발로 저녁을 꾸민다
능소화 등에 업고
푸른 잔디에 발을 담그고
또래들과 입방아를 찧는다

박병창, 신용선, 김양흠, 서영상
지난 세월 이야기들을 안주 삼아
고향의 술 잎새주에 취한다

용선이의 마누라 이야기에
모두들 웃으면 십 년은 젊어진다
9계단 영계라 자랑도 할 만하지

날마다 번개처럼 번쩍하고 모여서
먹고 마시고 한바탕 웃고 나면
저무는 인생들 이 맛에 사는 거지.

소띠끼로 나간 나

깔 망태 어깨에 걸치고
조선낫 갈아들고
소고삐 감아쥐고 들로 나갔다
여기저기 풀 속에
소똥들이 즐비하다
쇠똥구리들 모여서
한참 작업 중이다
우리 소가 먹는 풀은
깨끗한 잔디풀
가끔 돌아보면 벼이삭도
슬쩍 말아 입속으로 들어갔다
깔 망태 가득 채우고
소고삐 잡아당기면
얼마나 많이 먹었는지
배꾸리가 빵빵했다
오늘은 우리 아버지가
웃으시겠지!
아들보다 아끼시는
우리 집 황소 한 마리

언제나 가족처럼
보살피며 키웠다
봄에도 논밭갈이
땀 흘리며 일하고
여름 한 철 쉬었다가
가을 들면 쉴 새도 없다
너와 나는 함께 살아가는
우리 집 황소
소죽 쒀서 퍼주면
입맛 다시며 새김질한다
하루라도 떨어지지 않는
사랑하는 우리 황소
가는 세월 따라 너만 두고
슬쩍 서울로 떠나버렸다
오랜 세월 칠순이 넘다보니
오늘 왠지 황소 생각이 난다.

개와 나무도

개와 나무도 사람을 닮는다
착한 사람 집 뜰 안에 나무는
예쁜 꽃을 피우고
개도 주인 닮아 온순하게 짖는다

악한 사람들 집안의 나무는
꽃도 잎도 거칠게 피고
개도 마음씨가 주인을 닮아
손님을 보면 사납게 짖는다

악마와 도둑들이 드나드는
검찰청 뜰에서 자라는 나무는
살벌한 모습을 하고 있다

그 나뭇가지에 앉는 새들도
노래하지 않고 날마다 운다
분하고 억울하다고 흐느낀다

하늘과 땅은 무심하지 않다
권력에 아부하는 사람들과
부정한 도둑들을 벌할 것이다.

우주전기

번쩍 번쩍 우르르 쾅!
천둥이란 저것이 전기란다
하늘을 떠도는 자연의 전기

그것을 끌어다 우리가 쓰자
모두가 공짜인 우주의 전기
쓰고 나도 원상태로 회복되는
자자손손 쓸 수 있는 자원이다

전파로 바꾸어서 끌어온다면
전깃줄도 없어 쓰기도 좋은 것을
지현경이 생각을 실천해 봐라

서민의 상상이라 무시하지 말고
박사들은 내 꿈을 실행해봐라.

친구를 기다리며

사주면서 말 하세요
입맛 버려 재미없네

기다리면 오시겠지
수협가면 해결되니

어서어서 오시랑께
건강 찾아 만나잔께

보고파서 기다려도
얼굴조차 안보이니
오늘해도 저무는데
그 누구도 오질 않네.

잎새주 한 잔

세월은 쉬지도 않고
늙지도 않네

시간은 멈추지 않고
잡을 수도 없네

외로울 때 한잔하면
그 술이 최고지만

더 좋은 잎새주는
나의 고향 친구라네

오늘은 기분 좋아
30년산이 더 좋아서

그것을 한 잔 하니
하늘을 날 것 같네.

대양미디어 사장님·1

노객의 손끝이 가라고 했다
펜 끝을 움직여 따라가 봤다

쌓아둔 원고를 얼게미로 걸러
들쭉날쭉 꼬부라져 상한 것은
알뜰히 살펴서 모두 털어버리고
크고 좋은 알갱이만 골라 담았다

몇 달을 오가며 애를 쓰신
대양미디어 서영애 사장님
손때 묻은 가방도 낡아버렸다

올 때마다 갈 때마다
주워 담고 또 담아 헐어진 가방
그 인연으로 고향사람을 만났다

모아둔 어록집 원고 등에 메고
땀 흘리던 박병창 선생님

묵은 짐 풀어놓고 둘러앉으니
고향 이야기로 밤 가는 줄 모르고
호경빌딩 옥상정원의 솔향기와
소주잔에 파랗게 녹아내린다

천사의 나팔꽃도 당당한 자세로
오랜만에 오신 서영애 사장님을
향기 속에 높은 하늘의 나팔소리로
반갑게 모셔주니 더없이 기쁘다.

대양미디어 사장님·2

답글을 보내줘야
제 글도 살아갑니다
먹고사는 방법입니다

서영애 사장님
어제 나눈 정담들이
옥상에 남아 있습니다

님이 남기신 여운들이
잔디밭으로 스며들어
소리 없는 추억으로
다시 피고 있습니다.

비 오는 날

신선의 상을 하고 남을 속여
공직에 오르니 도둑이 되네

둘레에는 먹구름을 치고
닥치는 대로 빼앗아 먹네

먹통 죽통 밥통 금통 똥통
먹어도 먹어도 끝이 없고

채워도 채워도 차지 않네
죄를 지어도 벌이 없으니

하느님은 눈을 감으셨는가
도둑이 잘 사는 세상이네.

고향 깔꾸막길

오르고 내리던 그 길을 갔다
고향에서 깔꾸막길 오를 때는
숨이 차서 쉬엄쉬엄 오르다가
내려갈 때는 나뭇짐을 지고도
세상이 온통 다 가벼워 보였다

어젯밤 옥상정원 술자리가
그런 추억을 더듬는 자리였다
후배와 나눈 깔꾸막길 이야기
잊혀진 추억의 길을 따라서
고향땅 구석구석을 다 뒤졌다

무거운 나뭇짐 짊어지고
가파른 깔꾸막길 내려오다
반반한 곳에 지게 받치고
멧새소리 흉내 내며 놀던 일

그렇게 살다가 여기까지 온
촌놈 현경이는

어제의 무거운 짐 내려놓고
지금은 가벼운 마음으로
호경빌딩 옥상에 앉아서
박병창 회장님과 추억을 나눈다.

지현경의 회심

옛이야기를 하다보면
고향땅이 가까이 온다

파도소리는 잔잔한데
뱃사공은 나오지 않고

김발 발 때 사라지니
빈 그물이 춤을 춘다

장흥 관산 촌놈이
동촌마을을 뒤로하고

서울로 와서 늙었으니
고향 찾을 때가 왔구나.

신○욱 의원

저게 누구인가 신○욱 후배다
바람 속을 함께 걸어오면서
우리 강서구를 다듬어 왔었지

이름 석 자 때 묻지 않게 살려고
40여년을 참으로 열심히 뛰었지

돌부리 치우면서 길을 다듬고
이웃을 생각해 먹을 걸 아끼며
62만 구민을 위해 함께 일했지

전성기 청춘도 모두 내려놓고
자네와 보낸 시간들이 자랑스럽네
우리가 강서에 남긴 발자국이
후배들의 좋은 길이었으면 하네.

내 이름 석 자

날이 간다고 해서
따라가지 마시게

세월이 흐른다고
흘러가지도 말게

좋은 일 하여서
내 이름 석 자를

역사 속에 남겨두고
떠나야지 않겠나.

바이칼 호수에서

오늘 12시 정각
바이칼 호숫가에서

러시아산 보드카 대신
신령스런 바이칼 호수의
청정수 한 잔 마시고

대한민국 태평성대와
강서구민 무병장수를
두 손 모아 간곡히 빌고

우리 일행의 만수무강을
간절히 기원하였습니다.

* 2018. 추석 전에

블라디보스톡 항구

다 썩은 옛 군함들
녹슬은 핵 잠수함
여기가 블라디보스톡이다

개발한 신무기를 자랑하며
군사대국의 위용을 과시하던
러시아의 모습이 이것이다

공산당의 옛 그림자는
허물어져 건물들과
시민들의 어두운 표정과
병든 경제가 말해주고 있다.

러시아의 오늘

가는 곳마다 쓰레기더미요
가는 곳마다 썩은 웅덩이다

보는 곳마다 빈 공장이요
보는 곳마다 낡은 건물이다

듣는 것마다 어려운 경제요
듣는 것마다 가난한 생활이다

이것이 러시아의 오늘이다
이것이 공산주의의 실상이다.

제 5 부
사람의 향기

토카래프 등대

드나드는 여객선을 맞이하고
고기잡이 어선을 안내하고
전쟁 때는 함선을 지휘하던
동양 최초로 설치된 등대

지난날 찬란했던 모습은
저물어간 역사 속에 묻어두고
지금은 관광객이나 반기니
세상에 영원이란 없네 그려.

예쁜 말

뚝뚝 자르면
멀리 튕겨나가고

살금살금 자르면
자리에서 모인다

가벼운 것은
바람 불면 멀리 날아가고

무거운 것은
물에 띄우면 가라앉는다

더듬더듬 사는 것도
이와 같아서

큰 소리 낮은 소리도
얼게미로 걸러내면

말하는 이도 말 듣는 이도
모두가 편안하다.

＊ 2018《문학미디어》 작가상 수강작

인생길

바람 속을 밀리는 게 우리라
한 조각 구름으로 떠가네

떠가는 것이 꿈이라서
어제도 꿈이고 오늘도 꿈이네

바람 부는 대로 발길 가는 대로
우리 한숨 자고 깨어 보면
세월은 그만큼 흘러가 있어

걸어온 길을 헤아려 보며
남은 세월을 가늠해 보네.

사람의 향기

꽃향기보다 더 좋은 것은
베푸는 사람의 향기라 하네

벌 나비를 부르는 꽃향기는
아무리 좋아도 십리를 못 가지만
사람의 향기는 영원히 가네

글 모르는 백성을 생각한 세종
전쟁에서 나라 지킨 이순신 장군
아픈 사람 살려내신 의성 허준

이분들이 남긴 향기는 영원무궁
모두의 가슴에 남아 있다네
세계를 향기롭게 덮어주고 있다네.

톱날 잠

북한을 탈출하여 살아난 사람들
중국을 떠돌면서 끼니를 구걸하였다
밤이면 우릿간 같은 구석방에서
발가락을 물고 톱날 잠을 잤다지

꿈에도 소원은 통일이라지만
가려는 곳은 우리의 대한민국
자유민주주의가 꽃피는 나라

여보시오 탈북동포, 어서 오시오
우리도 그대들처럼 어려울 때에
허리를 졸라매고 칼잠을 잤다오

풀뿌리를 캐고 나무껍질을 벗겨도
주린 배를 못 채워 부황이 나고
아기들은 배를 곯아 죽어갔지만

살려고 발버둥 쳐도 일감이 없어
중동의 사막에서 모래를 씹었고

독일의 탄광에서 칼잠을 자면서
피땀으로 오늘을 이룩했다오

인생은 한번인데 잘 살아야지요
여러분은 이제 탈북을 했으니
목숨을 걸고 자유를 찾았다오
힘내세요. 우리함께 살아갑시다.

무작정 써본다

깊은 한밤에 펜을 들고
무아의 공상을 그려본다.
목적지도 없는 새로운 길을
무작정 백지장에다 그려본다

손에 쥔 펜은 허공을 헤매고
고요한 밤이라 들리는 것은
잠을 잊은 냉장고 모터소리만
끊어졌다 이어졌다 동행을 하고

목숨도 끈질기게 이런 것인가
역사 속에 한 발자국 흔적
저 하늘에 별처럼 빛났으면
영원한 등불로 남길 수만 있다면.

은행나무 모성

30여 년 한자리에 살아
강서로 가로수로 기수가 된
늙은 공손수 은행나무

서른 번 새 잎 피고
서른 번 낙엽이 지며
알콩달콩 은행알 품어 안고
지아비 지어미 노릇한 은행나무

지어미는 은행알 주렁주렁
만삭으로 힘들어 할 때
지아비는 좋아서 노랗게 물들어
황금빛 자랑하며 춤을 추었지

가을걷이 구청직원 장대로 쳐서
은행알 모조리 털어가고 나면
자식들 모두 어디로 데려가나
은행나무는 눈물로 밤을 지샌다.

사람의 변심

풀과 나무도 절개가 있어
꽃도 약속대로 피고 지는데
우리네 인생들은 조석변이다

봄이면 새잎 피고
가을이면 단풍들기를
풀 나무는 어기지 않는데
사람은 간사해 수시로 바뀐다

주군을 버리고 옷을 바꾸고
믿었던 도끼가 발등을 찍으니
하늘이 무너지고 천지가 운다.

우리 부처님

황량한 들판에 내리는 단비
부처님 찾아 명상하라 하시네

버스에 분승하는 사람들
마음은 하나같이 부처님이네

명진 스님 말씀마다에는
영광의 빛이 넘쳐나니

따라나선 불자님들 가슴마다
단비에 파란 싹이 돋아나네

가는 곳마다 부처님 말씀
우담바라 꽃으로 피어나네.

허공소리

어디서 들려오는
가냘픈 소리가 심금을 울린다.
목소리도 아닌 것이 가슴을 때린다.

들릴락 말락 사라졌다가
살아나서 다시 들리는 소리
누가 울리나?

나팔소리도 피리소리도
가야금소리도 아닌 것이 가슴을 울린다.
부모님을 잃은 어느 자식이
슬피 우는 소리도 아닌데
애절하고 간드러지게 간장을 태운다

누가 저렇게도 심금을 울리나
내 가슴으로 들어와 머리위로 갔다가
발끝으로 사라지는 저 소리가
밤을 지새며 뜨겁게 메아리친다

먼동이 트니 더 멀리 내 곁에서
사라진다 저 소리가.

＊ 2018. 12.《강서문학》

영원한 충고

한 땀 한 땀 어머님의 바느질
땀과 눈물로 꿰매던 시침질
그것은 충고요 내 삶의 길이다

땀방울로 나를 키운 어머님
슬픔도 고통도 참고 지내며
계단을 오르듯 바느질을 했다

직장에서도 사업을 할 때도
고비마다 힘드는 계단이 오면
어머님 바느질처럼 꿰매 나갔다

비바람을 맞으며 지쳤을 때도
어머님을 생각하며 걸어갔다
어머님 바느질은 영원한 충고였다.

이○연 원장님

그 님은 그대로
자리에 충실한데

그대의 옛 모습은
보이지를 않네

추억 속에 남아있는
이○연 원장님

강서의 꽃으로서
선한 목자 되소서.

작은 가게

상가 한 구석에 작은 가게
공간이 비좁아 상품도 적고
품목이 단출해 고를 것도 없다
하루 종일 가게가 썰렁하다

고객은 없어도 시간은 흘러
서산으로 기울고 있는데
매출이 오르지 않아 일당도 안 된다

노모님 모시고 사는 가게주인
돈 몇 천원 접어들고 집을 찾는다

그래도 미소를 잃지 않는
작은 가게 아저씨
이제는 제발 복 좀 받으세요.

인삼의 효능

옛부터 우리 몸을 돌봐준 인삼
다행히 우리나라가 종주국이다

인삼의 효능에 건강이 넘치고
건강이 넘치니 머리가 명석해
명석한 머리로 세계를 이끈다.

사람다운 사람

잘 배웠다고 으스대고
출세했다고 권세부리고
재산 많다고 교만하면
그것은 사람이 아니다

학식은 남의 지혜가 되고
권세는 모두의 힘이 되고
재산은 만인에게 베풀어야
그것이 참다운 사람이다.

점심 때

오늘은 무얼 먹을까
돌솥밥 차리려다가
찾아오는 사람 없어
돌솥단지 비워놨네

님들은 모두 바빠서
동분서주 팔방인데
백수는 홀로 앉아서
낙엽만 바라다보네.

백지 한 장

질곡의 삶도 주마등이었던가
가로등 꺼지니 가는 길이 어둡다

햇살 밟을 때는 힘이 솟구쳤는데
날이 저무니 백지 한 장도 어렵다

몇 번을 써 봐도 그 말이 그 말
힘찬 글은 전성기에나 맛보았지
칠순 지나니 쉬는 바탕도 멀구나

쓰다가 지우고 다시 메운 기억들
고가의 추녀처럼 헝클어진 글들
별칭 얻어 살 때는 인기가 좋아
말도 글도 하는 짓도 톡톡 튀었지
오늘은 백지 한 장도 적시기 어렵다.

고운목소리 떠난자리

초판 인쇄 · 2019년 4월 5일
초판 발행 · 2019년 4월 19일

지은이 | 지현경
펴낸이 | 서영애
펴낸곳 | 대양미디어

출판등록 2004년 11월 제 2-4058호
04559 서울시 중구 퇴계로45길 22-6(일호빌딩) 602호
전화 | (02)2276-0078
팩스 | (02)2267-7888

ISBN 979-11-6072-043-3 03810
값 13,000원

이 도서의 국립중앙도서관 출판예정도서목록(CIP)은 서지정보유통지원시스템 홈페이지
(http://seoji.nl.go.kr)와 국가자료공동목록시스템(http://www.nl.go.kr/kolisnet)에서
이용하실 수 있습니다.(CIP제어번호 : CIP2019013245)